KB082796

사진보다 낫잖아

원재훈 시인, 소설가. 1988년 가을 《세계의 문학》에서 시 〈공룡 시대〉로, 2012년 여름 《작가세계》에 중편소설 〈망치〉로 등단해 작품 활동을 시작했다. 시집 《낙타의 사랑》, 《그리운 102》, 《사랑은 말할 수 없는 것을 말하라 하네》, 《딸기》, 소설 《연애 감정》, 《만남》, 《미트라》, 《모닝커피》, 《바다와 커피》, 《망치》, 《드라큘라맨》, 산문집 《나무들은 그리움의 간격으로 서 있다》, 《꿈길까지도 함께 가는 가족》, 《내 인생의 밥상》, 《어쩌면 마지막일 수도 있는 여행》, 《네가 헛되이 보낸 오늘은 어제 죽은 이가 그토록 그리던 내일이다》, 《착한 책》, 《소주 한 잔》, 《고독의 힘》, 《상처받을지라도 패배하지 않기 위하여》, 《다시 시작하는 글쓰기》 등을 펴냈다. 창작 활동 외에도 방송과 강연을 하고 있다.

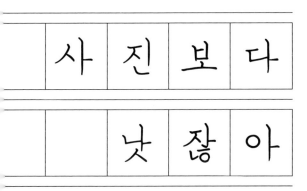

사 진 보 다

낫 잖 아

시인 원재훈 인생 에세이

이발소 그림을 그리다

　문학과 예술을 통해 나는 많은 것을 배웠다고 생각하지만, 더 깊은 울림은 바로 내 옆에 있는 스승, 친구, 가족, 부모, 이웃들을 통해 들은 단순한 이야기들에서 왔다. 그 단순함은 매우 복잡한 문제를 해결해주는 지혜로운 대답이었고, 아름다운 음악소리와 같은, 말로 할 수 없는 감동을 주었다. 보이지 않아 더 잘 보이는 마음의 빛이었다.

　하지만 막상 내가 쓴 이야기를 정리하고 마지막 교정을 보니, 그때 들었던 감동은 반감되고 말았다. 마치 여행지에서 기가 막힌 풍경을 스케치했는데 집에 돌아와 캔버스에 담고 보니 그저 그런 '이발소 그림'이 된 느낌이다. 지금은 보기 힘든 풍경이지만, 한 시절 아버지가 다니시던 이발소에는 그림이 항상 걸려 있었다. 물레방아나 빛이 들어오는 숲속과 같은 평범한 그림들. 피카소나 고흐의 창조적인 그림이 아니라 왠지 저렴해 보이는 그림들이었다.

다들 명작을 그린다고들 하지만 결국 이발소 그림을 그리는 것이 우리들의 평범한 삶이 아닌가 싶다. 하지만 나는 안다. 이발소 그림이 주는 평안함과 안도감. 배고플 때 끓여 먹는 라면 같은 맛. 이것이 글솜씨가 부족한 작가의 변명이다.

그러나 독자들은 이 글들을 잘 읽어줄 것으로 믿는다. 오늘 내가 하는 이 이야기들이 바로 어제 여러분들이 겪었던 이야기일 테니까.

원재훈

고마워요, 전화 받아줘서

그래도, 사람을 만나라

2 너도 언젠가는
_지혜와 통찰

땀은 얼지 않는다

바로 지금 내일을 시작합시다!

머리를 숙이시면 되잖아요

잘 익은 사과 한 알이 시보다 낫다

사진보다 낫잖아

_사랑과 공감

오늘, 사랑했나요

어디 다치신 데 없으세요?

대형마트 물류창고에서 일하는 아주머니가 부주의로 물건을 파손했을 때 점장이 이렇게 물었다는 이야기를 전해 들었다. 그 직원은 행복한 사람이다. 이런 따뜻한 말 한마디가 매장을 밝게 하고, 온 우주를 건강하게 한다. 그날 밤에 별은 조금 더 반짝이고 있었다.

회사 근처에 있는 술집에서 있었던 일이다. 만취한 후배가 화장실에서 넘어지면서 화장실 유리를 깼다. 갑작스러운 사고라서 어디 다친 데는 없는가 걱정하며 후배를 부축하면서 일으키고 있는데 술집 주인이 달려와 "유리값 누가 물어낼 거죠?" 하고 따지듯이 물었다. 그에게 사람이 다친 것은 보이지도 않았나보다. 우리는 회사와 가까운 그 술집에 자주 다녔고, 주인과도 오랜 시간 서로 알고 지내는 사이였다.

인생은 롤러코스터 타기다.
좋은 일이 있으니, 나쁜 일도 있나 보다.
사람이 다친다는 건 우주가 다친다는 이야기다.
사람이 물건처럼, 혹은 부품처럼 여겨지는 사회는 병든 우주다.

우리 헤어지지 말자

살아갈수록 새로운 사람을 만나기보다는 알고 지내던 사람과 헤어지는 일이 많다. 정년 퇴임을 한 선배와 오랜만에 밥을 먹고 나오는 데, 우리 헤어지지 말자, 라고 한다. 잠시 생각 하다 미소를 지었다. 서로 신뢰하고 의지할 수 있는 관계가 결국 지속되는 삶을 견디는 힘이 아닐까.

무소의 뿔처럼 홀로 가라고 부처는 말하 지만, 속세는, 더불어 함께 손잡고 가는 멀고 긴 길이다.

사진 보는 것보다 낫잖아

병들어 누운 아내를 오랫동안 돌봐온 선배에게 물었다. "힘들지 않으세요?" 그가 말했다. "사진 보는 것보다 낫잖아." 아내가 살아 있어서 고맙다는 이야기로 들렸다. 그때 선배의 표정을 생각하니 한 장의 사진 같다. 삶과 죽음은 사진 한 장으로 이야기한다. 오래 남는다. 사진은 정지된 과거이다. 과거를 본다는 것은 슬픈 일일까.

작고하신 아버지의 사진을 본다. 젊어 요절한 친구의 사진을 본다. 모두가 흘러가고 거기에 남아 있는 것처럼 보이지만, 그때 그 실물보다는 정말 못하다.

감	기	에	는		쉬	는		게
최	고	란		거				
알	고		계	시	죠	?		

   나에게 이 말을 한 약사는 약의 효능과 더
불어 '다정한 마음'의 처방을 주었다. 환자가 병
원과 약국을 오가면서 느끼는 피로감을, 그날
약사는 한마디의 말로 달래준다. 오천오백 원을
내고 약국을 나오면서 감기는 이미 몸 밖으로
날아가고 있는 중이었다. 뻔한 말이지만, 말에
진정성이 담긴다면 그 말은 좋은 시처럼 감동을
준다. 하긴, 좋은 시라는 것도 눈물처럼 툭 터져
나와 마음에 흐르는 그런 문장이다.

   새로운 것보다 뻔한 것을 잘 말하자. 삶은
그저 뻔한 것들의 연속이다. 때와 장소에 따라
평범한 말이 세상의 어떤 독창적인 말보다 감
동을 주기도 한다.

아무리 새로운 것도
언젠가는 뻔한 것이 되니까.

제가 먹는 약으로
  처방해 드리지요

처방전에 적혀 있는 약품명들을 바라본다.
전문용어라 익숙하지 않다. 그런가 보다 하고
약을 먹는 것이다. 콜레스테롤 수치가 높다면서
의사는 자신이 십 년 전부터 복용한다는 약들을
처방해 주었다. 신뢰가 바탕이 된 건강거래이
다. 의사와 환자는 서로 같은 처지다.

나는 내 주위에 있는
단 한 사람만을
사랑했을 뿐이다

테레사 수녀님은 작은 사랑을 실천한 사람이다. 몸도 작고, 마음도 작다. 자신의 주위에 있는 단 한 사람만을 사랑했을 뿐이라고, 말씀도 작게 하신다. 이것은 속삭임에 가깝다. 아우성보다는 속삭임이, 영혼의 울림이 크다.

오늘

아이를

안아주었습니까?

미국의 한 아동병원에 걸려 있는 문구이
다. 때론 말보다도 작은 행동 하나가 그 마음을
더 잘 전달하기도 한다. 그래서 우리는 말을 아
끼고 행동하는 사람에게 더 신뢰감을 느낀다.
가까이에 있는 아이를 따뜻하게 안아주는 마
음, 그것은 그 아이가 앞으로 걸릴 수도 있는 모
든 질병에 대한 예방접종이다. 또한 병자를 보
살피는 의사의 마음이 이러해야 한다는 은유일
수도 있겠다.

'오늘 아이를 안아주었습니까'라는 말은
'오늘 아이를 사랑했습니까'라는 말과 같은 말
이 아닐까?

당신이 있어서
좋았어

일본의 작가 오기타 치에의 《당신이 있어서 좋았어》에 나오는 이야기이다.

어머니의 갑작스러운 죽음을 자연스럽게 받아들이지 못하는 아버지의 심경을 아들은 짐작할 수 있었다. 가끔 밑반찬을 가져다 주면서 자신의 아버지를 돌봐주었던 이웃이 아들에게 아버지가 홀로 중얼거렸던 말을 전한다. "이렇게 될 줄 알았다면……, 당신이 이렇게 훌쩍 가버릴 줄 알았다면 진작에 말해주는 건데, 내가 너무 늦었구려. 여보…… 늘 고마웠소……. 고생만 시키다 보냈구려, 더 사랑해주지 못해서 미안하오. 당신이 있어서…… 정말 좋았소."

사랑하는 사람과
같이 가는 것

서울에서 마라도까지 대중교통을 이용해서 제일 빨리 가는 방법은? 비행기를 이용하는 것이 아닐까 생각했는데, '사랑하는 사람과 같이 가는 것'이라고 한다. 난센스 퀴즈이지만 제법 설득력이 있다. 영국의 광고회사가 자국의 지명을 사용해서 낸 퀴즈인데, 거기에서 채택된 답변이라고 한다.

딸이 세상에서 제일 맛있는 음식이 뭐냐고 묻기에 "너와 함께 먹는 것"이라고 했다. 딸은 "그런 대답 말고"라고 한다. 초밥이랄지, 갈비랄지 하는 식으로 말하라고 한다. 하지만 그 녀석도 같은 질문에 대해서는 남자친구와 먹는 음식이 제일 맛있다고 한다. 세상에 마음보다 빨리 가는 도로는 없는 것 같다.

	나	는		네	가				
	어	떤		인	생	을		살	든	
	너	를		응	원	할		것	이	다

영국 케임브리지 대학의 앨런 맥팔레인 교수가 《손녀 딸 릴리에게 주는 편지》라는 책에서 한 말이다. 세상을 향한 호기심으로 가득 찬 손녀에게 보내는 할아버지의 따뜻한 이 편지는 이 세상을 살아가는 데 도움이 될 지혜로운 내용으로 가득하다.

　'릴리야, 너는 대단히 특별하고 놀랍고 독보적인 존재다. 지금까지 단 한 번도 너와 같은 사람은 존재하지 않았고, 앞으로도 존재하지 않을 것이다. 이 말은 지구에 존재하는 모든 사람에게 똑같이 적용된다. 하지만 그로 인해 너의 특별함이 결코 줄어들지는 않는다. 다만 너를 둘러싸고 있는 많은 것들이 단지 인간들이 창조하고 발명한 산물에 불과하다는 사실을 깨닫는다면 세상을 좀 더 현명하게 바라볼 수 있을 것이다. 특히 야만적인 행동과 편견 뒤에 숨어 있는 무지의 가면을 벗겨낼 수 있을 것이다. 세상의 많은 것들이 변화시킬 수 없는 '자연적인 것'이 아니라 인간이 상상하고 창조한 '문화적인 것' 이라는 사실을 깨닫기만 한다면, 세상을 더 잘 해석할 수 있고, 나아가 세상을 변화시킬 수도 있다. (…)그리고 마지막으로 너에게 해주고 싶은 말이 있다. 릴리야, 사랑한다. 나는 네가 어떤 인생을 살든 너를 응원할 것이다. 그러니 아무것도 두려워하지 말고 네 날개를 마음껏 펼쳐라. 두려워할 것은 두려움 그 자체뿐이다.'

그는 이 편지를 손녀가 다 자라서 읽기를 원했다. 할아버지가 손녀에게 자신의 지혜를 전해준다. 어른들이 아이들에게 물려주어야 될 것이 무엇인지 곰곰이 생각하게 된다. 우리는 아이들에게 우리들이 가진 가장 소중한 것을 물려주고 싶어 한다. 그것이 무엇일까? 때론 무조건적이 응원이 필요한 시기가 있다. 별은 무조건 뜨고 빛난다. 그것이 생의 찬란한 응원이기도 하다.

사 진 보 다   낫 잖 아

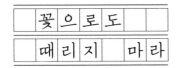

꽃으로도
때리지 마라

책 제목으로 유명해진 배우 김혜자 씨의 말이다. 물과 불처럼 서로 상극을 이루는 언어가 만나 묘한 울림을 준다. 세상의 언어들은 어떤 형태로 이루어지느냐에 따라 아름답기도 하고, 평범하기도 하고, 추하기도 하고, 진부하기도 하다. 꽃의 비폭력이 '때리다'라는 폭력을 만나 중화된다. 그리고 그 간절함이 조사 '도'를 만나 오래 남는다. '꽃으로'가 아니라 '꽃으로도' 이다. 조사 도가 바로 도(道)이다. '말 한 마디로 천 냥 빚을 갚는다'는 속담처럼 어떤 말들은 우리의 폭력성을 진정시키는 힘이 있다. 참 아름답고 신선한 말이다.

　　자신이 하고자 하는 말의 진정성을 위해 적절한
조사 하나를 고르는 마음으로 천천히 언어를 다듬어
보고 생각해보자. 사람 사는 일도 이런 것이 아닐까.

| 저 | | 학 | 생 | | 붙 | 여 | 줍 | 시 | 다 |

예술대학 입시에서 면접을 볼 때 일이다. 나를 포함해서 대부분의 면접관들이 낮은 점수를 준 학생이 있었다. 글쓰기 재능은 있어 보였지만, 어눌하고 스펙도 별 볼 일 없어 보였다. 면접관들의 질문에 대답도 잘 하지 못했다. 그때 면접을 보던 한 교수가 말했다. "저 학생이 극작과에 입학해서 글이라도 쓰지 않는다면 뭘 해서 먹고 살겠소. 우리 저 학생 붙여줍시다."

사람에 대한 따뜻한 마음보다 좋은 무대는 없다. 비록 그것이 비극일지라도.

연민은 인생무대의 조연이지만, 무대의 막을 힘차게 올리고, 아름답게 내리게 한다.

고마워요, 전화 받아줘서

다음에 봐요

　　그동안 수많은 사람들과 대화하고 토론하고 이야기를 나누었는데, 이 평범한 말이 기억 속에 각인되어 있다. 이 말을 듣고 난 다음에 벌어진 상황 때문이다. 밤늦게 인사동에서 술을 먹고 헤어질 때, 문득 기형도가 한 말이었다. 빙긋이 웃으면서 오른손을 잠시 흔들었다. 그리고 낙원상가 쪽으로 난 어두운 골목길로 사라졌다. 평범한 인사말이었지만, 그는 그 다음날 세상을 떠났다. 다음에 보지 못하게 된 것이다. 말 한마디가 이토록 무겁고 무서운 것인지 모르겠다. 사실 기형도와 나는 그렇게 각별한 사이는 아니었다. 시인으로 만나 가끔 인사동 술

자리에서 어울리는 정도. 지인의 결혼식에서 그가 축가를 불렀고, 내가 시낭송을 했다. 그 결혼식 테이프를 지인과 같이 보면서 우리는 잠시 침묵했다. 세상일은 정말 모르겠다. 그를 보고 싶지만 볼 길이 없다. 1989년 3월의 일이니 벌써 삼십 년이 다 돼가려고 하는구나. 요즘에 그의 시집을 다시 펼쳐 읽었는데, '집시의 시집(詩集)'이라는 시가 참 좋았다.

"이 나무가 저번보다 조금 더 자란 것 같아. 참 조용하게도 자라네."

오랜만에 스승을 뵈었다. 문학적 부모님 같은 분인데, 자주 모시지 못해 죄송했지만, 가끔 뵐 때마다 스승은 나무처럼 변하지 않았다. 가슴이 설레었다. 노시인은 고요함 속에서도 바쁨이 있는 분이었다. 주무시는 것 같은 모습인데, 아무것도 안 하시는 것 같은데, 매우 바쁘신 것 같다는 생각이 들었다. 식당을 나오면서 예전에 보았던 나무를 우두커니 쳐다보시면서 스승이 한 말이다. 나무를 조용히 바라보면 자연은 고요함 속에서 바쁘게 움직인다. 스승을 만나고 집으로 돌아오는 길에 도로가 막혀서 평소보다 두 시간이나 넘게 걸렸지만, 그리 짜증이 나지 않았다. 내 마음에 어른의 고요한 마음이 머물러 있기 때문이었다.

꽃 진 나무처럼 자라고 싶다.
조용하게, 오래오래.

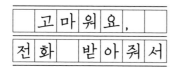

고마워요,
전화 받아줘서

전화는 소통의 도구이지만, 불통을 위해 사용하는 사람들도 있다. 얼마 전인가 가끔 통화하는 후배가 전화 받아줘서 고맙다는 말을 했다. 무슨 말인가 싶었는데, 계속되는 사업 실패로 처지가 어려워지자 주위 사람들이, 아주 친하다고 생각했던 후배까지, 전화를 안 받는다고 한다. 그때, 그건 너의 오해일 것이라고 말하지 못했다.

어느 날,
사람들이 내 전화를 받지 않으면 어떨까?
외로울까?
무서울까?

어	떤		공	간	과		어	떤		희	망	이
	일	치	했	을		때	,			우	리	는
그	곳	을			'	집	'	이	라		부	른	다

알랭 드 보통의 《행복의 건축》에 나오는 문장이다. 어떤 공간과 어떤 희망이 일치해야 좋은 집이 될까? 추상적인 설명인 '어떤' 대신에 무엇을 넣으면 좋을까. 아름다운, 소박한, 혹은 화려한 무엇이 당신이 원하는 것인가. 이것이 글 쓰는 자의 고민이다. 이 말은 건축가의 자세인가. 입주자의 자세인가. 아니면 둘 다인가. 아파트 삼십 평의 공간이 내가 가진 돈의 가치와 일치할 때, 그곳을 집이라고 부르는 것일까?

집 없는 세대들에게는 이 말은 희망적인가 절망적인가. 지상의 방 한 칸을 위해 살아가는 많은 사람들이여, 새들이 쪼아 먹는 과자부스러기보다도 더 작은 희망을 품고 힘차게 새처럼 날아오르자. 성자가 머무는 오두막은 성소이고, 돼지가 머무는 궁전은 돼지우리라고 우리는 부른다. 공간은 인간이 완성하는 텅 빈 장소이다. 희망과 공간이 가장 잘 어울리는 공간은 수도승의 오두막이 아닌가 싶기도 하다. 그리고 그 오두막은 우리 마음속에도 항상 있다. 문을 열고 들어가자. 지금 거기에 있다.

우리가 가야 할
가장 먼 길은 머리에서
심장에 이르는 길이다

미국의 한 인디언 아저씨가 한 말이다. 저기 산이 있어서 산에 간다는 유명한 등반가의 말처럼 아무리 먼 길도 눈앞에 보인다면 기어이 갈 수 있다. 그런데 보이지 않는 길처럼 먼 길이 있을까. 머리로 깨우친 것을 심장으로 느끼는 것. 우리는 모두 그런 길로 가는 도정에 있는 것은 아닐까. 몸과 영혼, 과학과 종교의 괴리감을 좁혀주는 따뜻한 말이다.

사다리보다
너의 돼지등이
더 좋아

고(故) 신영복 선생은 출소를 일 년 정도 앞둔 지난 1987년 전주교도소에서 보낸 그림엽서에 나무에 매달린 감을 따려는 소년 둘을 그렸다. 그 옆에는 사다리가 버려진 채 있다. 소년은 다른 소년의 등을 밟고 감을 따려고 한다. 더불어 가는 사람에 대한 그리움을 이렇게 표현한 것이다.

사람에 대한 실망감으로 좌절할 때가 있다. 그때 증오보다는 '더불어' 가고자 하는 공감의 마음이 필요한 것이 아닐까. 사다리보다 친구가 구부려주는 돼지등이 더 좋은 것처럼 말이다.

```
┌─────────────────────────────┐
│ 아무것도  없어.             │
│ 다만  너는  너무            │
│ 멀리  나갔을  뿐이야        │
└─────────────────────────────┘
```

헤밍웨이의 소설 《노인과 바다》에 나오는 문장인데, 요즘 이 말이 자꾸 떠오른다. 아마도 내가 이제 노인이 되어 가는 것 같다. 까까머리 중학생 시절부터 지금까지 해온 일이 실패라는 생각이 들면 참으로, 난감하다. 그럼 뭐 어쩌란 말인가. 나는 다만 한 길로 너무 나갔다는 생각이 들곤 한다. 그 길이 참으로 힘들고 어려운 길이라는 건 진작에 알았지만, 그런 대로 버티고 살았다. 그런데 가끔씩 절망감이 엄습한다.

그때 이 문장이 떠오른다. 노인이 바다에 나가 죽을 고생을 해서 잡은 거대한 물고기가 뼈대밖에 남지 않았다는 사실, 그거라도 들고 집으로 갈 수밖에 없는 정해진 행로. 그래, 나는 지금도 더 멀리 나가고 있는 중이다. 돌아오지 못할지라도. 내 손바닥을 펼치면 드넓은 바다의 파도가 넘실거린다. 문장을 쓴다는 것은 노를 저어 먼 바다로 나가는 일이다. 아직 나는 항해 중이다.

어	른	이	란		자	신	이	
하	고		싶	은		것	을	
안		하	는		사	람	들	이	지

우리 사회에서 성인이란 어떤 존재인가.
19금, 혹은 성인물 등등의 이미지가 떠오르기
도 한다. 그런데 진짜 성인이란 자신이 하고 싶
은 것을 안 하고 사는 사람들이다. 그것이 미성
년과의 차이이다. 자식들을 위해, 가족들을 위
해 어른들은 참는 일이 많다. 내가 사고 싶은
것, 내가 하고 싶은 것을 타인과 아이들을 위해
참고 포기한다.

그동안 내가 무엇을 참았는지……. 조금
억울하고 손해보는 것 같아도, 그래서 내가 그
나마 어른으로 살아갈 수 있었던 것은 아닌지.

그 견딤의 순간이, 고통이
아이들의 기쁨으로 변화하는 연금술이었으므로.

	잠	깐		
	행	복	하	겠	네

　　파주 여치길에 봄이 오고 있다. 산수유를
사랑하는 아내가 파릇한 기운이 돋아나는 나무
를 보고 무심코 말했다, 잠깐 행복하겠네. 혹한
의 겨울바람이 휘몰아친 긴 겨울보다 더 어려
운 일들이 사는 동안 많았다. 그래서 봄이 온다
니 잠깐 행복하겠지. 우리의 희망이나 바람이
자세히 들여다보아야 보이는, 산수유 꽃보다도
작아 보이는데, 올 봄엔 그것들이 활짝 피어나
기를 원한다. 뭐 그리 대단한 일도 아닌데 말이
다. 멀리서 보니 산수유가 활짝 웃고 있는 아내
처럼 보인다.

> "엄마, 아빠가 미치거나 자살하지 않은 게 너무나 고마워."

　반정부 시위를 주도하던 친구는 남영동으로 끌려가 모진 고문을 당했다. 그는 같은 운동권 여학생과 결혼했고, 두 아이를 낳았다. 하지만 지독한 고문 후유증으로 그 총명했던 친구는 생활에 적응하지 못했다. 부부는 생활고에 시달리다 결국은 갈라서게 되었다.

　그때 어렸던 딸은 항상 술에 취해 사는 아빠를 무시워만 했다. 하지만 이제 대학생이 된 딸은 가끔 지방 소도시에 혼자 사는 아빠를 만나고 온다. 딸의 책상 위에 지난 80년대를 그린 소설이나 산문집이 보였다. 어느 날, 아빠를 만나 긴 이야기를 나누고 와선 "엄마, 아빠가 미치거나 자살하지 않은 게 너무나 고마워."라고 말하면서 눈시울을 붉히며 그녀의 품에 안겼다.

그래도 가야 하지 않겠는가.
이 삶은 어쩔 수 없는 것이
아닌가.
삶과 죽음은 서로 떼어놓을
수가 없다.

삶은 죽음과 함께 살고,

죽음은 삶과 함께 사라진다.

희망도 절망도

같은 줄기가 틔우는

작은 이파리일 뿐

　　기형도의 시 한 구절이다. 가을엔 하늘이
좋지만 낙엽 진 땅바닥도 아름답다. 이파리가
떨어진 자리에는 한기가 서려 있다. 단풍든 이
파리는 희망도 절망도 모두 품고 생에 가장 아
름다운 모습으로 낙하한다. 마치 겨울의 길목
을 가리키는 듯한 이파리의 모양을 보면서 그
것을 밟고 지나가야 하는 길을 본다. 희망도 절
망도 결국은 내 몸에서 멀어지고 가까워진다.
너무 기뻐하지 말고, 너무 슬퍼하지 말자. 청명
한 하늘을 보려면 비에 젖은 낙엽이 우는 땅바
닥을 딛고 서야 하는 것이니.

그래도, 사람을 만나라

"어머니, 저도 좀
쉬어야겠어요."

어느 날, 텔레비전을 보려는 아이에게 엄마가 방에 가서 공부하라고 하자 아이가 한 말이다. 그러고는 떡하니 소파에 앉아 과자를 먹으면서 리모컨을 들었다. 아이 엄마는 기가 막혀 아이의 얼굴을 쳐다보았다. 아이는 한 시간 정도 텔레비전을 보다가 제 방으로 의젓하게 들어갔다. 고 녀석, 참 귀여운 녀석이다.

요즘 초등학생들은 입시를 준비하는 수험생처럼 공부한다. 식물이 자라기 위해 바람과 햇볕이 필요한 것처럼 아이들은 쉬고 놀면서 자란다는 사실을 알았으면 좋겠다.

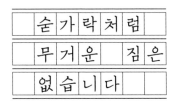

숟가락처럼 무거운 짐은 없습니다

이삿짐 나르는 사람에게서 들은 말이다. 짐을 옮겨본 사람은 알겠지만 책 짐은 정말 무겁다. 책과 음반이 많은 집의 이사가 힘들다고 한다. 나의 짐이 그렇다. 나는 이삿짐 중에서 책이 무겁지 않으냐는 말을 했고, 잠시 콜라를 마시면서 쉬던 직원 하나가 문득, 노인들이 돌아가시면 왜 숟가락을 놨다고 하는지 알았다고 한다. 무슨 말인가 싶었다. 숟가락을 놓는다는 것은 이제 더 이상 밥을 먹지 않는다는 것, 즉 죽는다는 것인데……, 그걸 모르는 사람이 있나?

하지만 그는 다른 의미의 말을 하고 있었다. 숟가락이 굉장히 무거운 짐이라는 것이다.

요 며칠 사이에 창고의 짐을 옮기면서 깨달았다고 한다. 창고에 쌓여 있는 숟가락을 담은 통들을 들어 올리면서 그 숟가락의 무게를 느낀 것이다. 책 박스에 책을 담듯이 숟가락을 담으면 장정 서너 명도 들기 힘들다. 물론 숟가락의 재질에 따라서 다르긴 하겠지만, 일반적으로 쓰는 스테인레스 숟가락이 그렇다. 그는 숟가락을 옮기면서 아마도 인생의 무거움을 깨달은 모양이었다.

식탁에서 밥을 먹기 위해 숟가락 하나를 들어 올리는 것도 만만한 게 아니다. 아버지는 밥을 위해 일을 하고, 치욕을 참고, 또 자신의 꿈도 포기했었다. 그것은 바로 인생이라는 무거운 짐을 들어 올리는 것이다. 그날 저녁을 먹으면서 숟가락의 무게를 느낄 수 있었다. 그것은 지금 내가 들고 있는 근심 걱정과 함께한다.

근래 마음이
어수선하여
명상에 들었습니다

친구의 안부가 궁금해서 전화를 했다. 친구가 전화를 받지 않았다. 혼자 사는 사람이라 무슨 일이 있나 싶어 걱정했는데, 그 다음날 이런 메시지가 왔다. 깨어나는 대로 연락하겠단다.

매일 보는 책상 위도 어쩌다 보면 지저분한 것들이 눈에 거슬린다. 오랫동안 돌보지 못해 어수선한 마음자리를 정리 정돈하는 명상의 자리가 필요하다. 명상은 어떤 생각을 담는 것이 아니라, 비우고 버리는 것이다. 그래서 친구의 어수선한 마음자리에 또 다른 짐이 될까 봐, 아무런 답신을 하지 않았다.

애	들	아	,					
너	희	들	과		지	낸		것	이
꼭		잠	시					
꿈	을		꾼		것		같	구	나

　　어린 시절 외할머니 댁에서 며칠을 지내
다 우리 식구가 떠날 때가 되면 할머닌 이런 말
씀을 하시곤 했다. 전쟁 와중에 단신 월남하신
아버지 쪽의 친척이라곤 아무도 없었다. 그런
나에게 외할머니는 가족의 중심이었다. 그분이
별세하고 나서는 명절날이면 모이던 대가족이
산산조각이 났다. 우리는 더 이상 외가댁에 찾
아가질 않는다.

외할머니는 내 손을 잡고 시골장터를 구경시켜
주시곤 했었다. 시골장이 파할 때쯤에, 어디서 나타났
는지 오리 한 마리가 뒤뚱거리면서 걸어 다니다가 시
장 한복판에서 갑자기 멈추어 서서는 뒤를 돌아보았
다. 이제 잠시 살아온 날들을 뒤돌아보면, 저물 때가
되어 가고 있는 세월이 다정하게 보인다. 어느 순간,
모든 것이 꿈으로 느껴지리니. 내가 이제 할머니의 마
음을 닮아간다. 문득, 사람이 만나고 헤어지는 일이 꿈
처럼 여겨지곤 한다.

깜빡했어

　꿈속에서 작고하신 할아버지가 나타나 번호 6개를 알려주었다고 한다. 꿈에서 깨어나 5개를 적었는데, 하나가 가물가물해서 적지 못했다. '이것은 로또 번호다'라는 생각에 주말에 복권을 살 생각이었다. 번호 5개와 더불어 나머지 로또 번호를 적어서 사면 1등에서부터 5등까지 모조리 당첨되는 것이다. 그런데, 바쁜 일 때문에 어쩌다가 그 주가 지나갔다. 다음 주에 아차 싶어서 번호를 맞추어 보았더니 바로 그 주의 당첨 번호였다!

오랜만에 한가한 오후 시간, 차 한잔을 하면서 친
구가 나에게 한 이야기다. 십 수 년 전, 백 억대의 당첨
금이 지급되던 시절이다. 내가 더 아쉬워하자 그가 "깜
빡했어"라며 웃는다. 집으로 돌아가는 길에 곰곰이 생
각해보니 행운은 따라가는 것이 아니라, 따라오는 것
이다. 그는 행운을 바라는 스타일이 아니었다. 지금까
지 건강하고 검소하게 살면서 이제 정년퇴임이 얼마
남지 않은 그의 생은 복권이 아니더라도 충분히 괜찮
았다. 로또 꿈을 꾼 그가 부럽기도 했지만, 행운 따위
는 깜빡하면서 살아온 건강하고 행복한 삶이 더 부러
웠다.

그래도,
사람을 만나라

　　사람을 피하고 싶어서 여행을 가는데, 오
히려 사람을 만나고 오라고 한 선배가 있다. 그
는 대인기피증에 가까운 행동을 하는 사람이
다. 사람을 피하고 싶어도 사람이 필요한 것이
다. 여행지에서 만나는 기가 막힌 풍경은 삶의
배경일 따름이다. 주위의 인간관계가 버거워
여행을 가고 싶다면 여행지에서 만난 사람을
유심히 보기 바란다. 이탈리아의 고대 로마 유
물들도 좋지만 허름한 산사의 종소리를 배경으
로 하산하는 스님의 뒷모습을 유심히 보라.

　　거기에 누군가가 서성거리고 있으니, 그
것은 바로 당신 자신이다.

연꽃잎은 꽃잎이
감당할 만한
빗방울 이상 차오르면
미련 없이 비워버린다

비가 자주 내린다. 빗방울들이 연못에 떨어지는 모양을 보면 음표들이 통통 튕기는 것처럼 보인다. 빗방울은 연꽃잎에 고이면 물방울들이 동글동글하게 되면서 고여 있다가, 잎이 무거워지면 한쪽으로 기울면서 동글동글 굴러 떨어진다. 연꽃이 피어 있는 연못은 그 모든 빗방울들을 다 받아들인다. 버릴 건 버리고 고일 건 고이게 하는 연꽃과 연못이다. 우리 마음에도 이런 연꽃 하나 피우고, 연못 하나 파놓으면 어떨까. 어느 날 우울한 마음에 비가 내려도 다 받아들이는 연꽃이 피어 있는 작은 연못 말이다.

절벽이 높아 보이려면 아
래를 아지랑이로 가려야
하고, 폭포가 높아 보이
려면 허리를 물안개 띠로
둘러야 한다.

나의 어디를 가려야 될 것인
가. 그것은 불안과 고통이 아
닐까 싶다.
드러낼 것은 올곧은 생각과
행동이다.

	낮에	한	일이
	밤에	꿈이	된다

우리는 이루기 힘든 일들을 꿈꾸곤 한다.
하지만 우리가 한 일들이 꿈처럼 나타나기도
한다. 오늘 낮에 한 일들이 좋은 꿈이 되기를.
꿈을 꾸는 사람이 아니라, 꿈을 만드는 사람들
이 있다. 꿈을 만들자. 별을 만들자, 날개를 만
들자.

지금　쓰고　있는데요

"요즘에 가면을 써 보신 적 있나요?"라는 질문에 대한 대답이다. 사실 가면무도회나 탈춤을 추는 경우가 아니라면 우리는 가면을 쓸 기회가 거의 없다. 하지만 자신의 본 모습을 감추는 가면은 우리가 매일 쓰고 다니는지도 모른다. 직장 상사 앞에서 쓰는 가면, 어른 앞에서 쓰는 가면, 때론 속마음을 제일 많이 보여주는 연인이나 부부끼리도 가면을 쓰고, 가면을 쓰는 이유도 각양각색이다. 어찌 보면 가면이 내 생활의 일부이기도 하지만, 가끔은 그 가면을 벗어놓고 마음의 위안을 얻는다. 지금이 그런 시간이었으면 좋겠다.

아파트 화단에 있는
꽃을 보았다,
20년 만에

아버지가 아파트 화단에 항상 피어 있던 꽃을, 퇴직을 하시고 나서야, 그러니까 20년 만에 보셨다는 글을 한 여성의 인터넷 블로그에서 읽었다. 코끝이 찡해진다. 오늘도 그 딸의 아버님처럼 정신없는 시간을 보낼 많은 사람들에게 따뜻한 가을 볕 한 조각 보내드린다. 수고하셨습니다.

갈 때마다
다른 게 보여서
그런다

지리산에 있는 한 사찰을 스무 번 이상 다녀온 미술사학자에게 왜 같은 곳을 반복해서 답사하냐고 묻자, 그가 한 대답이다. 여행을 한다는 것은 풍경이건 유적이건 사람이건 대상을 본다는 것이다. 같은 사람이라도 자주 만나는 사람이 좋다. 어떤 대상은, 그것이 책이 되었건 여행지가 되었건 간에 반복해서 볼 때 새로운 것이 보인다. 하지만 그런 대상은 흔하지 않다. 이 넓은 세상에 그런 장소가 하나 있다는 것은 행복이다.

가방을 두고 왔어

얼마 전에 다녀 온 외국 여행지로 다시 떠나는 사진작가에게 친구가 물었다. "거기에 왜 또 가나? 꿀단지라도 숨겨 놨나?" 그러자 사진 작가가 말했다. "응, 내 가방을 두고 왔어." 친구는 피식 웃으면서 그 뜻을 헤아렸다. 사진작가가 장비가 든 가방을 두고 왔다고 할 만큼 또 가야할 장소이구먼. 차를 마시고 헤어지기 전에 친구가 사진작가에게 말했다.

'이번에 올 땐 거기에 두고 온 내 물건도 그 가방에 좀 담아와.' 그러자 사진작가가 고개를 끄덕인다. 친구도 역시 가고 싶다는 말인가 보다. 두 사람의 이야기를 들으니 마치 선문답과 같은 이야기를 하면서 서로 이해하고 존중하는 친구 사이가 참 좋아 보였다.

이십대에 만난 두 사람은 오십 년 가량을 친구로
지냈다. 말 그대로 눈빛만 봐도 서로를 아는 사이니까,
아름다운 은유의 세계가 가능하다. 어떤 마음은 직유
로는 설명하기 힘들고 귀찮을 때가 있다. 꼭 이건 이러
니까 이래야 한다는 식의 법정진술과도 같은 이야기
들은 사람을 힘들게 할 때가 있다. 그냥 가방 두고 왔
다, 라고 말하고 어딘가로 가고 싶은 한 여름이다.

2

너도 언젠가는

_지혜와 통찰

땀은 얼지 않는다

너도 언젠가는
절창을 터뜨릴 날이
있을 거다

자신의 작품이 팔리지도, 평가받지도 못하고 있어 낙담한 젊은 시인에게 노시인이 한 말이다. 이 말은 참 오랫동안 남는다. 문학이나 인생이나, 죽기 전에 단 한 번만 운다는 '백조의 노래'가 있다는 거다. 글쎄, 과연 그럴까. 괴테 시대에 많은 시인들이 좌절해서 미치거나 자살했다는 이야기도 있다. 그래서 우울한 삶에 격려와 칭찬이 필요한 것이 아닐까. 당신의 삶에도 절창을 터뜨릴 날이 있을 것이다. 반드시.

착한 끝은 있단다

어머니는 잠깐 만져보기만 하고 돌려준다
고 해도 돈은 빌려주지도 말고, 빌리지도 말라
고 강조하셨다. 그리고 사람들에게 모진 행동
을 해서는 안 된다고 가끔 말씀하셨다. 부처님
가운데 토막 같은 외할머니의 행동을 본받으려
고 노력하신 것 같다. 어머니의 말씀대로 하지
못하고 그동안 돈을 빌리고, 빌려주기도 했다.
못 갚은 돈도 있고, 못 받은 돈도 조금 된다. 때
로는 힘들지만, 그래도 어머니 말씀대로 착하
게 살아 끝이 좋으면 좋은 게 아닐까.

첫해의 꽃으로

열매를 맺는 나무는 없다

여러 번 취업시험에 낙방했다고 낙담한
제자에게 스승이 한 말이다. 첫해 열매를 맺는
나무는 나무가 아니다. 한 해를 살다 가는 풀들
의 세상에서나 있는 일이다.

대기만성의 미덕이 사라지는 요즘이다.
빠른 성공도 좋지만, 젊은 날의 지나친 영광은
오히려 해가 될 수도 있다. 인생은 천천히 가야
되는, 멀고 먼 길이다. 천천히 걸어 가자. 젊은
날의 좌절도 너무 힘들어하지 말자. 꽃이 진 자
리에 열매가 맺힌다. 고통이나 좌절은 씨앗일
따름이다.

민들레 열매처럼 바람 불면
멀리 멀리 날아가는 봄 하늘이 아름답다.

```
┌─────────────────────────────────┐
│ 언│제│나│ │바│쁘│고│ │    │
├─────────────────────────────────┤
│ 보│람│있│는│ │나│날│을│    │
├─────────────────────────────────┤
│ 꾸│려│나│가│길│ │바│라│오 │
└─────────────────────────────────┘
```

언제나 바쁘고
보람있는 나날을
꾸려나가길 바라오

영국의 작가 찰스 램은 평생 영국 동인도
회사 회계원으로 근무하면서 매일 밤 별빛을
보면서 글을 썼다. 독서와 집필에 쓸 시간이 항
상 부족했던 그는 넉넉하고 자유로운 시간이
없다고 불평했다. 그러다 세월이 흘러 정년퇴
직하게 되자 같이 근무했던 여직원이 이제 충
분한 시간을 얻게 된 것을 축하하며, 더 빛나는
작품을 써줄 것을 기대한다고 했다. 그때 램은
그건 당연한 일이라면서 이젠 햇빛을 보고 글
을 쓸 것이니, 별빛 아래서 쓴 글보다 더 빛날
거라고 했지만, 3년 후에 찰스 램은 그녀에게
뜻밖의 편지를 보낸다.

"바빠서 글 쓸 새가 없다는 사람은 시간이 있어
도 글을 쓰지 못하더군요. 할 일 없이 빈둥대다 보면
모르는 사이에 스스로 자신을 학대하는 마음이 생기
는데 그것은 참으로 불행한 일이오. 나는 결국 그 많은
시간 동안 아무것도 하는 일 없이 그냥 시간만 축내고
있소. 좋은 생각도 바쁜 가운데서 떠오른다는 것을 이
제야 비로소 깨달았소. 아가씨는 부디 내 말을 가슴에
깊이 새겨두고 언제나 바쁘고 보람 있는 나날을 꾸려
나가길 바라오."

램의 대표작이라고 할 수 있는 《엘리아의 수필》
은 그가 바빠서 '글 쓸 새가 없었던' 시절에 쓴 작품이
다. 열악한 환경과 고통스럽게만 여겨지는 시간 부족
의 나날들. 램뿐만이 아니라 에드가 앨런 포를 비롯한
위대한 작가들의 건강과 작업 환경은 상상을 초월할
정도로 열악했다. 작가의 고통이 독자의 행복이라는
말이 있는데, 적어도 작업 환경이 작품의 질을 결정하
지는 않는 것 같다.

드디어

'마지막 별'을 땄다

산악인 박영석은 북극점을 정복하던 날을 이렇게 탐험 일기에 적었다. 그가 딴 '마지막 별'의 의미는 박영석 대장이 모든 산악인들의 꿈인 '산악 그랜드 슬램'을 이루었다는 뜻이다. 히말라야 8000미터급 거봉 14좌와 세계 7대륙의 최고봉을 올랐으며, 3극점 도보 탐험에 성공했다. 이런 기록들은 우리들에게 용기를 준다. 누구나 한때 빛나던 청춘의 꿈들이 있었는데, 지금 그것들은 어디로 다 사라져버렸을까. 이젠 눈동자에 별을 담아야겠다. 별이 빛나는 눈동자로, 박영석 대장이 북극점을 향해 걸어가는 마음으로, 새로운 목표를 향해 한 발 한 발 걸어가는 긴장감 넘치는 생을 살아가자.

나에게 날아다닐
날개가 있는데, 왜
다리가 필요하겠는가?

1953년 프리다 칼로는 세계적인 화가가 되었지만 지병 때문에 침대에 실려 자신의 회고전에 참석했다. 그것이 칼로의 마지막 전시회였다. 그해, 그녀가 오른쪽 다리를 절단하는 수술을 받고 나서 한 말이다. 한 경지에 오른 전문가를 보면, 눈물이 날 지경이다. 그 일이 어떤 일이건 간에 한 경지에 오르기까지 얼마나 많은 땀과 눈물을 쏟았을까? 그때, 다리가 날개가 되는 것이다. 우리는 날개를 달기 위해 그토록 힘겹게 땅 위를 달리고 있는지도 모른다.

살면서　해야　할　일과
　하지　말아야　할　일을
　알아야　한다

소설가 전경린 씨가 자신이 인도의 요가에서 배운, 사람들에게 꼭 전해주고 싶은 '4가지 말' 가운데 첫 번째 말이다. 그 말들이 자신의 인생에 큰 도움이 되었기 때문이다. 나머지 3가지는 이렇다. 두 번째, 살아가는 동안에 항상 의욕을 지녀라. 세 번째, 돈을 벌어라. 네 번째, '우주와의 합일을 향한 마음'이다. 아주 간단한 내용이다. 이 말들을 메모해 놓으면, 우리가 사는 데 새로운 지침이 될 수도 있겠다. 그녀가 전하는 메시지는 간단명료하면서도 듣는 이들이 고개를 끄덕이게 하는 깊은 의미를 던져준다. 우선 우리가 반드시 해야 할 일과 하지 말아야 할 일을 잘 구분한다는 건 의외로 어려운 일이다. 거기서부터 시작하자.

금방 후회할 짓을 왜 하느냐!

　　욱하는 마음에 후회할 일을 저지르곤 한
다. 조금만 참으면 되는데 말이다. 그럴 때, 참
을 인(忍) 자를 마음에 새기면서 때를 기다리
면, 눈보라가 지나간 들녘처럼 맑고 고요한 세
상이 펼쳐진다. 참아라, 참아라, 참아라. 그리고
화가 나서 한 행동의 참담한 결과를 잠시 예측
해보자. 쉽게 일을 저지를 확률이 많이 줄어들
것이다.

땀은 얼지 않는다

땀은 뜨거운 열정을 상징하지만, 고통과 인내의 시간을 품고 있다. 고통 없는 열정은 타 버린 재에 불과하다. '땀이 얼지 않는다'는, 평창 동계올림픽의 홍보문안으로 참으로 적절하다. 동시에 여러 가지를 생각하게 한다. 몸에 흐르던 땀이 얼어버린다면 병들거나 죽는다. 참 무서운 말이다. 북풍한설, 한파에도 아랑곳없이 땀을 흘리고 있는 사람들은 영광의 무대에서 빛나는 것이다.

추운 겨울을 견디고 살아가는 모든 사람들에게 메달보다 값진 영광이 있기를.

자	꾸		실	패	하	지		마	라
	버	릇	된	다					

아무리 사나운 맹수라도 사냥을 하다가 실패를 반복하면 굶어 죽는다. 실패가 버릇이 되면 인생이 힘들다. 어느 정도의 실패까지 감당하느냐가 그 사람의 삶을 좌우한다. 삶의 지구력을 기르자. 실패는 성공의 어머니라고들 희망을 이야기하지만, 성공하지 못한 사람들에겐 절망의 구렁텅이일 따름이다.

자꾸 실패하지 마라. 거기에서 멈추어라. 그럼 어떻게? 그건 알아서 해라. 단, 내가 가지고 있는 못된 버릇들을 하나둘 정리하고 다시 시작하라, 판을 새로 짜라.

성공을 위해서가 아니라 실패를 하지 않기 위해
살아보자.

성공은 저절로 따라온다.

바로 지금 내일을 시작합시다!

뻔	하	게		잘		부	르	느	니
	새	롭	게						
못		부	르	는		게		낫	다

한 오디션 프로그램에서 가수 박진영이
한 말이다. 그는 심사를 하면서 가수들에게 이
런 주문을 했다. 예술가에게 독창성은 목숨과도
같은 것이다. 평생 남만 따라 하다가 사라지는
모사화가들도 있다. 모사화가들의 그림은 우리
가 보기에 대가들의 그림과 그리 다르지 않다.
어쩌면 진품과 구별하기 어려울 수도 있다.

예술가에게 중요한 것은 시작하는 창조자가 되는 것이다. 백남준에 대해 원로화가가 한 말이 떠오른다. 그가 위대한 이유는 시작을 했다는 것이다. 나머지는 에피고넨(작가 주: 그리스어로 아비를 모방하는 자식이라는 의미. 거장의 시대가 가고 아류 모방이 지배하는 시대를 의미하는 '에피고넨 시대'로 사용)일 뿐이라며. 그렇다. 자신만의 스타일을 만들어야 한다. 조금 부족하더라도 창조적이라면 그것이 부족한 나머지 부분을 채우면서 진화한다.

바로 지금

내일을 시작합시다!

미드 〈워킹데드〉의 주인공인 릭의 말이
다. 지금 바로 하지 않으면 안 되는 일이 있다.
모든 일이 그렇다. 거기엔 예외가 없다. 이것은
일종의 습관이다. 지금 바로 하는 사람들이 성
공하고 지금 바로 하는 사람들이 건강하다. 우
리는 내일이라는 함정에 빠지지 말아야 한다.
'내일이 뭐지?'라고 반문해 보고 곰곰이 생각
해 보자. 내일은 없다. 내일이란 신기루이고, 환
상이다. 거기에 속지 말자. 그 관념 속에 빠지지
말자. 바로 지금 내일을 시작하자는 말, 이 말은
'오늘 할 일을 내일로 미루지 말자'의 최신 버
전이다. 유니크하고 문학적이다. 이것이 바로
표어와 시의 차이이다.

나는 실패를
믿지 않는다

실패는 성공의 이면이라고 말할 수도 있다. 사실 실패란 존재하지 않는다. 다만 자신이 진정으로 원하는 곳으로 가는 도정에 앞뒤 가리지 않고 집중하다보면 생각지도 않은 실수를 할 수 있다. 오프라 윈프리의 명성은 그녀의 명성에 어울리는 말에서 더 빛난다. 실패를 믿지 않는다는 말이 많은 사람들의 가슴에 성공에 대한 용기를 주고 있다. 이 말은 그녀가 실패를 경험하고 그것을 극복한 과정에서 우러나온 것으로 짐작한다. 세상의 모든 실패는 성공의 뿌리일 따름이다. 실패는 없다. 튀어나온 못을 때려 박듯이, 실패한 자리를 더 강하게 만들어라. 그래야 옷걸이 하나라도 벽에 박을 수가 있다. 사람들은 그것을 성공이라고 부른다.

생	활	이		어	렵	다	고			
당	장	의		수	익	을		좇	지		말	고
	앞	을		내	다	볼		줄		아	는
생	각	을		가	져	라				

3년 동안 무보수라는 조건 때문에 취직을
망설이는 아들에게 어머니는 이렇게 말했다.
눈앞의 이익보다는 사람 만나는 일이 더 중요
하다는 가르침이다. 우리 기업의 뿌리라고 할
수 있는 개성상인들의 기업 정신이다. 당시 개
성의 큰 상점 점원들은 취직하고 나서 삼 년 동
안에는 월급이 없었다. 일정 기간 인턴제를 도
입하고, 그 기간이 지난 뒤에야 상점 주인이 직
원을 신뢰할 수 있으면 직원 명의로 적립금 백

원을 지급했다. 오랜 전통인 이 방식은 신참내기 직원
이 개성상인으로서 성공할 가능성이 있는지를 평가하
는 절차였다. 훗날, 그 아들은 우리나라 대기업의 회장
으로 자리 잡았다. 인터뷰 자리에서 그는 개성 상점에
서 고생은 많이 했지만 좋은 상인을 만나 사업가로서
의 기본적인 덕목을 그 시절에 다 닦았다고 회고했다.

결혼하고 싶은
여자가 있으면,
그녀를
태양 아래서 보라

　　스승이 한 말이다. 그분은 결혼을 할 때
욕망을 조심하라고 하셨다. 자신의 배우자가
될 사람을 햇볕 환한 운동장에서 보고, 그래도
사랑스럽다면 결혼을 하라고 한 이유는 단순하
다. 몸에 대한, 명예에 대한, 권력에 대한 욕망
은 잠시이지만, 부부가 되어 둘이 같이할 시간
은 비교할 수 없이 길다. 그것이 환하고 밝다면
오케이다.

두려워하지 말 것,
혼자 들어가지 말 것,
미로에 빠지지 않도록
표식을 잘 보아둘 것

동굴 탐험을 할 때 명심해야 될 사항들이다. 일상생활의 주의사항 같기도 하다. 살다보면 두려운 일들이 벌어지고, 때론 홀로 남게 되고, 복잡한 미로에 빠지기도 한다. 이런 잠언들은 동굴 탐험의 경고문이자 동굴의 시다.

> "곧 죽을지도 모른다는 사실을 명심하는 게 인생의 고비마다 중요한 결정을 내리는 데 큰 도움이 된다."

스티브 잡스의 말이다. 그가 한 일에 대해서는, 특히 스마트폰의 발명은, 별로 박수를 치고 싶지 않다. 하지만 그라는 존재가 열어놓은 세상에 대해서는 인정을 안 할 수가 없다. 시대의 패러다임을 바꾸어 놓은 위대한 인물이 항상 중세 기독교 수도승의 '메멘토 모리(죽음을 기억하라)'를 염두에 두고 있었다고 하니 놀랍다.

어떤 일을 하든 죽음을 염두에 두면 삶이 풍요로워진다. 곧 죽을지도 모른다는 사실을 명심하고 중요한 결정을 내리자. 그렇다면 적어도 오판을 할 확률이 줄어든다. 죽음 앞에선 욕심을 채우기보다는 지금 나에게 중요한 것이 무엇인지 알 수 있기 때문이다.

가끔 이런 삶의 연습을 해보자. 나는 곧 죽을지도 모른다. 그렇다면 어떻게 이 일을 마무리할까? 그래서일까, 나는 긴 여행을 떠나기 전에 반드시 컴퓨터 정리를 하고 간다. 중요한 원고는 책 원고 폴더를 만들어 잘 볼 수 있게끔 한다. 그럼 마음이 좀 편하다.

손 좀 쫙 펴 봐,
엄마처럼

　　자기 멋대로 되지 않는다고 떼를 쓰는 딸
아이에게 몽골의 한 어머니가 한 말이다. 그러
고 나서 어머니는 손바닥을 깨물어보라고 말한
다. 아이는 손바닥을 깨물려고 하지만 그게 될
리가 없다(궁금하면 한번 따라 해보시길 바란
다). 그러자 어머니는 이렇게 말한다. "사람이
살면서 모든 걸 가질 수는 없는 법이야. 갖고 싶
은 게 아무리 손에 잡힐 듯 가까이 있다 해도 말
이야."

　　오늘도 내 손바닥을 본다. 뭘 쥐려고 이토
록 힘이 들어가 있을까.

불운처럼 보였던
가면을 벗겨보니
축복이었다

불운과 축복은 동전의 양면이다. 샌프란시스코 노숙자에서 억만장자가 된 입지전적 인물인 크리스 가드너가 자서전에서 한 말이다. 한 순간에 재산이 모조리 날아가고 극빈에 시달리는 경우가 있다. 그 고통과 불안은 사람을 한없이 초라하게 만들기도 한다. 돈은 그 순간에 천사처럼 다가온다. 돈이 악의 근원이라느니, 인간의 행복과는 아무런 관련이 없다느니 말하지 말자. 극빈은 고통이고 죽음이다. 하지만 그 불운들은 가면을 쓰고 있다고 가드너는 말한다. 그 가면을 벗기고 축복을 당신의 품으로 안아서 다른 사람들과 함께 나누라고 권한다.

한 번도 실수하지
않은 사람은 결코
새로운 일을 시도하지
않는 사람이다

아인슈타인은 자신의 가설을 증명하기 위해 수많은 실수를 반복했다. 실수가 버릇이 되어서는 안 된다. 하지만 실수를 목적지로 가는 과정으로 인식하고 노력한다면 새로운 일을 시도하는 용기를 낼 수 있다. 오늘 어떤 실수를 했다면 새로운 일을 하기 위한 것이라고 생각하고 다시는 같은 실수를 반복하지 않기를. 그것을 증명하려고 일생을 바치는 과학자에게 배울 점은 그들은 가설을 세운다는 거다. 우리도 삶의 가설을 세우고 그것을 증명하기 위해 노력한다면 좋겠다. 예를 들어 나는 멋진 사람이다, 라는 가설을 세우고 그것을 살면서 행동으로 증명하자.

"어르신들이 말하기를 저기
가 원래는 물길이었다고 하
더군. 원래 물길이었던 곳을
사람들이 제멋대로 막는 바
람에 비가 많이 내리면 그
곳에서부터 홍수가 나는 거
지."

물은 예부터 지나다니던 길
로 가려고 하지만, 길이 왜곡
되어 딴 곳으로 흐르니 자연
스러움이 무너져 마을엔 홍
수가 난다. 물길이 무너지면
마을의 길도 사라지고, 사람
들도 사라진다.

먼	길	가는데	

가	벼	운	짐	이	없	다

《서유기》에서 저팔계가 한 말이다. 돼지로
그려진 저팔계의 코믹한 이미지 때문인지는 몰
라도, 서유기를 읽으면서 이 문장을 보고 깜짝
놀라 밑줄을 그어 놓았다.

젊어서 떠난 현장법사가 노승이 되어 당
나라로 돌아왔다. 수도승들은 어느 정도 서유
기의 삶을 살고 있는 것이다. 평범한 삶을 살더
라도, 우리가 살아가는 동안 무거운 짐들이 하
나둘 쌓이는 것은 당연한 일이다. 무소유를 주
장했던 법정 스님도 말했다.

"긴 여행을 하기 위해서는 짐을 조금 들고 가야
한다. 아주 높이 올라가려면 가볍게 여행해야 한다."

"짐은 그 인간을 말해준다. 짐은 물질적인 현상
으로 나타난 인간의 분신과도 같은 것이다."

인생은 먼 길을 가는 여행이다. 무거운 짐을 들면
더 고단하다. 그럴 때 내릴 건 내려놓고, 마음을 가볍
게 하고 다시 출발하자.

화내지 말라

    톨스토이의 인생지침인 〈5계명〉 중의 하나이다. 나머지 4가지는 '욕정을 품지 말라, 헛된 맹세로 자신을 구속하지 말라, 악으로써 악에 대항하지 말라, 정의나 불의를 모두 잘 대하라'이다. 이것이 톨스토이즘의 뿌리라고 할 수 있다. 톨스토이는 소설 《사람은 무엇으로 사는가》에서 "모든 인간은 이기심이 아니라 사랑으로 살아간다는 것을 저는 알게 되었습니다……제가 인간이 되어서도 살아갈 수 있었던 것은 자신의 일을 걱정하고 염려했기 때문이 아니라, 길을 가던 한 사람과 그 아내의 마음속에 깃

든 사랑, 그리고 그들이 제게 보여준 동정심과 관심 때문이었습니다.”라고 고백한다. 톨스토이는 바로 인간이 겨드랑이에 보이지 않는 날개가 숨어 있는 천사라고 생각했다. 문학은 사랑과 관심의 일이다. 나이가 들수록 톨스토이에 대한 생각이 깊어진다.

네가	어떤	사람을
만났는데	그	사람이
마음에	들지	않으면,
네	자신의	모습을
보는	거라고	생각하라

인디언 주술사 베어 하트가 전해주는 말이다. 어린 시절에 자신의 삼촌이 막대기로 잔잔한 연못을 휘저은 뒤 물에 얼굴을 비추어 보게 하면서 이렇게 말한다. "네가 어떤 사람을 만났는데 그 사람이 마음에 들지 않으면, 네 자신의 모습을 보는 거라고 생각해야 한다. 네 속에는 네가 좋아하지 않으면서도 솔직하게 인정하지 않는 어떤 부분이 있는 거야. 그것을 다른 사람에게서 볼 때 그 사람을 싫어하게 된단다. 네가 싫어하는 건 사실은 네 자신의 일부란다. 늘 이것을 명심해라."

살면서 좋은 사람만 만날 수는 없다. 마음에 들지
않는 사람과도 잘 어울려 살아야 하는 게 세상살이다.
그럴 때마다 사람을 다 피해버린다면 세상은 그만큼
좁고 어두운 곳이 된다. 타인은 나의 거울이다. 잘 살
펴보고 살아가자.

감	사	합	니	다	.			
사	랑	합	니	다	.			
용	서	해	주	세	요	.		
당	신	을		용	서	합	니	다

　　미국의 의학박사 아이라 바이옥이 '세상
에서 가장 중요한 4가지 말'이라고 우리에게
권하는 말이다. 이 말들이 인간관계를 개선하
고 완성하며, 치유의 힘을 지녔고, 거듭나는 방
법이라고 한다. 신에게 간절히 간구하는 기도
의 힘보다도 이러한 말들이 즉각적이고 실질적
인 효과를 볼 수 있다고 한다. 지금 당장 실천할
수 있는 이 4가지 말들을 우리는 의외로 잘 쓰
지 못하고 있다. 하지만 이 말들을 지금부터 잘
쓴다면, 감사와 사랑과 용서의 마음을 담아서
진정으로 상대에게 전한다면, 불편했던 관계가
거듭날 계기가 되기도 하겠다.

하나를 버리면
둘을 얻기도 합니다

중요한 건 내가 진심으로 바라는 게 뭔지를 알고, 나중에 후회를 하더라도 미소 지을 수 있는 결정이다. 물러설 때와 나아갈 때 역시 마찬가지다. 중요한 일을 할 때는 사심을 버려라. 그것이 공적이건 사적이건 간에.

퍽	이		있	는		곳	으	로	
가	지		말	고	,				
퍽	이		가	게		될			
곳	으	로		가	라				

캐나다의 전설적인 아이스하키 선수였던
웨인 그레츠키는 뛰어난 경기 예측력의 소유자
였다. 그는 경기장에서 퍽이 갈 곳을 미리 알고
그곳에서 기다리고 있다가 골을 넣는 선수로
유명하다. 상대 선수들도 깜짝 놀랄 정도라고
한다. 그레츠키는 다른 선수에 비해 상대적으
로 왜소한 체격이었고, 운동능력이 탁월한 편
도 아니었다. 그가 아이스하키 역사상 전무후
무한 기록을 남길 수 있었던 것은 경기장을 넓
게 보고 전체적인 큰 그림을 그릴 줄 알았기 때
문이었다.

두 살 때부터 동네에서 스케이트를 타고 놀았다
는 그는, 어려서 아버지에게서 아이스하키에 대해서
배웠다고 한다.

그는 말한다. "나의 아버지는 항상 퍽이 있는 곳
으로 가지 말고 퍽이 가게 될 곳으로 가라고 끊임없이
말했습니다. 항상 내 앞에 펼쳐질 상황에 대해 생각하
고, 퍽을 가지고 있는 사람이 어떻게 할지를 생각하라
고 했습니다. 처음에는 그게 무슨 말인지 알 수 없었습
니다. 다른 아이들처럼 나도 퍽이 있는 데로 가서 퍽을
가지고 싶었습니다. 하지만 아버지는 계속 일러주었습
니다. 어떤 일이 일어날 것인지 예측하고 행동하라고."

아버지의 이 가르침이 그를 뛰어난 선수로 만들
었다. 이러한 예측 능력은 우리의 삶에서도 반드시 필
요한 덕목이 아닌가 싶다. 이렇게 한 수 앞선 사람을
우리는 '고수'라고 부른다.

일요일은
하늘을 보는 날로
정하면 어떨까?

쉼표인 일요일은 하늘과 구름과 꽃과 바람을 보는 날로 정하자. 이날만은 잠시 쉬면서 하늘을 바라보고 구름처럼 마음을 편안하게 풀어 놓자.

| | 배 | 가 | | 고 | 플 | 수 | 록 | |
| 더 | | 천 | 천 | 히 | | 먹 | 어 | 라 |

사람 사는 일이 결국 먹고사는 일인데, 그게 만만치가 않다. 굶주림에 시달리는 처지까지는 아니더라도, 간혹 너무 배가 고파서 허겁지겁할 때가 있다. 떡 먹다가 목이 막혀 죽는 사람도 있다는데, 배가 고프면 왜 그리 서두르는 것인지……. 새삼스럽게 인간의 본성을 따지고 싶지는 않다. 중요한 것은 그때 서두르지 않는 것이다. 이것은 가장 근본적인 문제다. 중요하고 급한 일은 항상 천천히, 원고의 경우에는 항상 퇴고를 천천히 해야 한다. 중요한 일을 할 때 필요한 지혜가 있다면, 이것이다.

리더십의 요체는
'헌신'이다

조직에서 리더가 중요한 이유는 그가 권력을 가지고 있기 때문이다. 조직을 순조롭게 이끌기 위해서는 우선 리더가 솔선수범해야 한다. '헌신'을 해야만 한다. 김구 선생이 임시정부의 문지기가 되겠다던 마음처럼 말이다. 하지만 우리들은 일부 권력자들이 헌신보다는 보신하려고 하는 모습을 보고 실망한다. 더 가증스러운 것은 부끄러움을 모르는 태도와 오만한 자세이다. 용 머리가 아니라 뱀 대가리 같은 리더는 사라지는 시절이 하루빨리 오기를 간절히 바란다. 그런 세상은 다름 아닌 우리가 만드는 것이다.

"인생이란 그런 거지."

젊은 정원사의 애인이 변심해서 다른 동네에서 온 청년과 사귀게 되었다. 그 정원사 앞으로 두 연인이 매일 다정하게 지나다닌다. 전 남친이 뻔히 눈앞에 보이는 곳에서 데이트도 하고, 같이 집으로 들어가기도 한다. 정원사는 무심하게 그냥 두 사람의 모습을 쳐다보고만 있다. 한국에서 온 태권도 교관이 정원사에게 물었다. "너 화도 안 나니? 정말 괜찮은 거야?" 그러자 정원사가 옛 애인의 뒷모습을 물끄러미 쳐다보고 하늘을 한번 올려다보더니, 한숨을 푹 쉬면서 이렇게 말했다. "인생이란 그런 거지."

지난 사랑에 대한 집착이나 연인에 대한 분노는
항상 후회만 남기는 법이다. 사랑했던 여자에 대한 남
자의 태도를 우리 청년들이 배웠으면 좋겠다. 그리고
분노가 없었을까? 그는 평범한 아프리카 짐바브웨의
청년이었다.

머리를 숙이시면 되잖아요

나는 신을 압니다

영국 BBC 방송 인터뷰 자리에서 당신은
신을 믿느냐는 질문에 대해 정신분석학의 대가
카를 융이 잠시 생각하다 대답한 말이다. 믿는
것과 아는 것의 차이를 생각하게 한다. 그는 과
학자이기에 알고 싶을 것이다. 그것을 안다고
말할 때까지 얼마나 많은 시행착오와 실험이
있었을까.

날이 갈수록 삶이란 신과 신화에 의해서
만 알 수 있다는 생각이 든다. 신이 인간을 만들
었는지, 인간이 신을 만들었는지. 당신은 어느
편인가. 전자라면 맹신을 조심하고, 후자라면
겸손하라.

하늘에서 천사가 다녀갔다

전기가 들어오지 않는 네팔의 한 마을을 다녀온 친구 부부가 있었다. 오랜만에 도시의 광공해(光公害)에서 벗어나 캄캄한 곳에서 촛불을 켜고 있으니 서로 할 말이 참 많았다. 촛불이 다 타들어가 다른 촛불로 불을 옮길 때까지 시간 가는 줄 모르고 이야기가 이어진 것이다. 촛불이 다른 촛불로 옮겨지는 동안 두 사람의 이야기가 끊어지고 침묵이 찾아왔다. 여러 사람이 어울려서 이야기하다가 잠시 이야기가 끊어지고 어색한 침묵이 이어질 때가 있다. 그 순간을 하늘에서 천사가 잠시 다녀간 거라고들 한다. 침묵은 천사의 목소리이다.

하고 싶은 말을 하기 전에 잠시 침묵하자. 그때 사람들은 주목하고 귀를 열기 시작한다.

사랑과 용서는 하는 게 아니라 되는 것이다

이루카 신부님이 강론 중에 하신 말씀이다. 사랑을 하라고들 한다. 용서를 하라고들 한다. 한다는 것은 내가 중심이다. 그래서 어렵다. 이토록 부족한 내가 뭘 할 수 있겠는가. 사랑은 하는 것이 아니라 되는 것이라는 신부님의 이 말씀은 대단하다. 생각의 차원이 다르구나 싶었다. 그것은 신으로 상징되는 자연의 말씀이었다. 그리고 더 놀라운 것은 용서도 그러하다는 것이다. 사실 용서에 대해서 많이 생각하게 된다. 극악한 일을 당했을 때 과연 나에게 용서가 가능할 것인가. 그것은 자기만족을 위한 자기기만이 아닐까. 이 문제를 육조 혜능처럼 단박에 풀어낸 명언이다. 그것은 되는 것이어야 한다. 꽃이 피는 것처럼 되는 것이고, 아이가 자라는 것처럼 되는 것이다.

신부님 고맙습니다.

제 소망은 죽기 전에
인간이 되고 싶은 거예요

정일우 신부님의 말씀이다. 인간으로 태어나 인간이 되어가는 과정이 바로 늙음이다. 인간이 된다는 것은 정말 어려운 일이다. 그래서 '죽어야 철든다'는 말이 있는 것일까 싶다. 신에게 가까이 간다는 것은 인간이 된다는 것. 이것을 실천하는 사람들이 진정한 종교인이 아닐까 싶다. 신부님의 말씀은 소크라테스나 불가의 큰 깨달음의 번역이기도 하다. 자기의 본성을 바로 본다는 것, 자기를 안다는 것, 이것이 소망인 사람들의 삶은 얼마나 소중한 것인가.

봉사는
희생이 아닙니다

당대 최고의 여배우였던 오드리 헵번은 스크린의 세계를 떠날 때 "절망의 늪에서 나를 구해준 분들을 위해 내가 봉사할 차례다."라고 말했다. 그녀는 유니세프 활동을 하면서 아프리카의 헐벗은 어린이들을 자신의 품에 안았다.

현장에서 찍힌 그녀의 사진 한 장, 화장기 없는 주름진 얼굴로, 굶주려 뼈가 앙상하게 드러난 아이를 안고 있는 그녀의 얼굴이 정말 아름다웠다. "우리가 정말 아름다운 오드리 헵번을 만난 것은 〈로마의 휴일〉에서가 아니라, 아프리카에서였다."라고 사람들은 말했다. 어느 날, 유니세프 활동이 자기희생이 아니냐고 기자가 질문하자, "희생이 아닙니다. 자신이 원하지 않는 것을 위해 자신이 원하는 것을 포기하는 행위가 희생이라면, 내가 하는 일은 희생이 아닙니다. 오히려 내가 받은 값진 선물이에요."라고 말했다.

인생은 사랑하는 법을
배우기 위해 주어진
얼마간의 자유 시간이다

　　프랑스의 성자 피에르 신부의 잠언이다.
사랑에 대한 수많은 말들이 있지만, 이러한 문
장은 자신의 행동에서 우러나온 것이기에 더
가슴에 남는다. 자신이 소유했던 세속적인 가
치들, 모든 재산과 명예를 포기하고 가난한 사
람들을 위해 거리에서 빈병을 줍는 그의 행동
이 사랑하는 법을 아는 모습이기도 하다. 사랑
은 자유로운 사람의 특권이기도 하니까. 돈과
명예에 구속된 자에게 사랑이란 그저 위선적인
포즈일 따름이다. 인생이라는 진부한 표현이
사랑과 자유를 만나 신선한 느낌으로 다가오는
문장의 맛도 있다. 당신이 생각하는 인생이란
무엇인가?

지	금		네	가		가	는		길	이
바	로		고	행		길	이	여		

출가를 하고 싶다고 스님에게 말했다. 그
때 스님이 웃으면서 한 말이다. 스님은 속세가
바로 도량이라고 했다. 거기에 부처가 걸어간
고행 길이 있다는 말이다. 오히려 수도승인 자
신은 산속 깊은 곳에서 잘 먹고 잘 자고 있으니
부처님 앞에서 부끄러울 따름이라면서 내 등을
두들겼다.

'속세에서 애 낳고 기르고, 가족 부양하고, 부모님 모시고, 야 참, 너 대단하다. 그게 바로 열반으로 가는 사람의 길이란 말이여. 부처님의 길이여.'

왜 그런 생각이 드는지는 모르겠다. 아마 현실에 지쳐 어디론가 숨고 싶은 마음 때문일 것이다. 부처의 말대로 각성을 하고 싶다면 꼭 출가가 아니더라도 다른 길이 있을 것이다. 머리를 깎는다고 근심 걱정이 사라지는 일이 아니다. 이미 사찰을 통해 출가를 하기에는 때가 늦었다. 하지만 그때 그 스님이 한 말을 떠올린다. 그래요. 스님 말씀이 맞습니다. 이보다 더한 고행이 세상 어디에 또 있겠습니까.

길을 가다
저녁 종소리가 들리면
사랑하는 세 사람을
기억하라

서양 속담이다. 오랜 세월 동안 사람들의 입에서 입으로 전해진 금언들은 단순하지만 의미가 깊고 지혜롭다. 석양이 질 때면 오늘 고마웠던 사람을 기억하면 어떨까? 석양은 침묵하고 기도하는 마음을 닮았다. 오늘은 당신을 사랑하는 세 사람의 이름을 적어보고 그 이름을 불러보자. 마음속에 어떤 울림이 떠오를 것이다. 하지만 그 이름을 적기가 그리 쉽지는 않을 것이다. 그렇다면 내가 사랑하는 세 사람의 이름을 적어보는 것이 어떨까?

타인에게 이르는
가장 선(善)한 길은
서로 공감하는 거죠

소설가 김형경의 말이다. 요즘 들어 새삼
스럽게 이 말이 자주 생각난다. 타인에게 이르
는 길은 없을 수도 있고, 있을 수도 있다. 하지
만 그 길이 있다고 믿고 거기에 가려고 하는 순
간, 우리는 조금 선해지는 것이 아닐까. 눈에 보
이지 않는 길을 내는 사람들, 서로 공감하는 사
람들이다. 감정의 파편은 날카로운 것이지만,
그것을 둥글게 만들어 품는 사람들. 살면서 생
긴 상처는 감정 때문이지만 이 감정을 치유하
는 것 역시 공감이라는 어머니이다. 공감은 모
성의 영역인 것 같다. 그 덕목 중에서도 타인의
아픔을 위로하는 애도가 제일 중요한 것이 아
닐까.

	손은					
다른	사람의	손을				
잡으라고	있는	것이다				

헬렌 맥도널드의 《메이블 이야기》는 인간이 참매를 길들이는 이야기이지만, 대부분의 책들의 결론이 그러하듯이 인간이 자신의 감정과 사유를 길들이는 이야기다. 헬렌은 자연을 통하여 무너진 감정을 회복하고 깨닫는다. 결국 인간은 인간을 만나서 살아가는 존재라는 것을. 손은 다른 사람의 손을 잡으라고 있는 것이다. 이것은 당연한 이야기인데, 우리는 다른 것을 잡으려고 인생을 낭비하고 있다. 주위에 모든 사람이 싫어지는 때가 있긴 하다. 중2가 그렇고, 살면서 가끔씩 그런 현상이 나타난다. 이때 중독에 빠지기도 한다. 게임이나 도박이 대표적이다. 하지만 헬렌은 자연에 빠졌다. 자연은 그녀를 치유하고 다른 사람의 손을 잡으라고 알려주었다.

날	개	만	으	로		하	늘	을	
날		수		있	는		건		아	냐	!
오	직		날	려	고		노	력	할		때
	날		수		있	는		거	지	

　　루이스 세풀베다의 《갈매기에게 나는 법
을 가르쳐준 고양이》에 나오는 문장이다.

　　바다에 버려진 폐유에 오염된 어미 갈매
기는 겨우 부두까지 날아 와 알을 낳고, 그때 우
연히 만난 고양이 소르바스에게 자신의 새끼
가 태어나면 나는 법을 가르쳐줄 것을 부탁하
고 죽는다. 소르바스가 자신을 고양이로 알고
있는 새끼 갈매기에게 나는 법을 알려주면서

한 말이다. 독수리도 닭과 함께 키우면 조나 쌀알과 같은 모이를 쪼면서 날 생각을 하지 않는다고 한다. 그때 절벽에서 떨어뜨리면 본능적으로 살기 위해 날갯짓을 한다는 거다. 닭과 독수리의 차이는 외형보다는 마음에 있다. 자신의 본성을 깨닫는 일은 부처의 말처럼 중요하다. 내가 갈매기인지 독수리인지, 아니면 고양이인지 사람인지 그걸 먼저 알아야겠다.

"잘 안 들리면
  머리를 숙이시면
  되잖아요."

어느 날, 주교가 신자 가정을 방문하자 아
이가 주교에게 인사를 했다. 주교는 아이에게
목소리가 작아서 잘 들리지 않으니 인사말을
좀 더 크게 하라고 했다. 그때 아이가 한 말이
다. 주교는 이 아이의 말을 듣고, 사람들에게 먼
저 머리를 숙이는 것이 성직자의 자세라는 사
실을 깨달았다. 힘없는 사람들의 작은 소리를
듣기 위해 자신을 낮추는 것, 그것이 바로 신의
사랑을 실천하는 방법이었다. 훗날 사랑의 화
신으로 존경받았던 교황 요한 바오로 2세의 이
야기이다.

잘 익은 사과 한 알이 시보다 낫다

그러니까
가만히 앉아서
잘 닦으셔야죠

태안 앞바다 기름유출 사고로 많은 사람들이 모였다. 사람들은 단체에서 준비한 헝겊 조각을 받아 들고 바닷물이 빠져 나간 자리에 드러난 돌멩이를 하나씩 잡고 닦아내기 시작했다. 그들 부부도 같이 닦아내다가 남편이 말했다. "야, 정말 닦고 닦아도 끝이 없네. 이걸 언제 다 닦나?" 태안에 도착해서 벌써 몇 번째 밖으로 나가 커피와 샌드위치를 먹고 온 남편이다. 그때 부인이 이렇게 말하는 걸 들었다. "그러니까 가만히 앉아서 잘 닦으셔야죠."

그날, 우리들이 넓은 태안 앞바다를 얼마나 복구 시켰는지는 알 수가 없었다. 하지만 내가 닦을 수 있을 만큼은 최선을 다해 닦았고, 또 많은 사람들이 한 마음이었으니까, 적어도 그만큼은 바다가 깨끗해졌다.

당신 말이 맞아. 하지만 일곱 번째 수정 원고가 나올 때까지만 좀 기다려줘

자신의 초고가 형편없다고 하는 아내에게
작가 버나드 쇼가 한 말이다. 헤밍웨이는《무기
여 잘 있거라》를 34번이나 새로 썼다고 한다. 작
가에게 퇴고와 수정은 천형과도 같은 것이다.
원고를 쓰고 나서 퇴고에 들어가면 마치 큰 바
윗돌이 나를 누르는 것 같은 기분이 든다. 그때
부터 다시 쓰는 경우가 종종 있다. 고치고 또 고
치고, 최소한 일곱 번은 해야 누군가에게 보여
줄 수 있다는 느낌이 든다. 그 고통을 견뎌내야
한다. 그래서 작가와 기자가 단명하는가 싶기
도 하다. 글과 삶은 닮은꼴이다. 당신의 인생은
고치고 또 고치는 과정에서 완성된다. 인생이
작품이 되려면 그렇게 해야 한다.

만	약		당	신	이		찍	는		사	진	이
좋	지		않	다	면		그	것	은			
당	신		자	신	이		충	분	히			
가	까	이		가	지		않	았	기			
때	문	이	다									

종군 사진가 로버트 카파는 항상 가까이 다가가는 사람이었다. 카메라를 들고 피사체를 향해 걸어가는데, 그곳이 전쟁터이다. 항상 죽음을 가까이에서 본 사람이다. 이차대전 당시에 헤밍웨이가 탄 지프차가 독일군의 폭격으로 언덕에서 굴러 떨어졌을 때 카파는 카메라를 들고 가까이에서 서 있었다고 한다. 불같은 성격의 헤밍웨이는 이후로 카파와 결별을 선언했다. 카파가 자신이 죽는 모습을 찍으려고 했다는 거다. 카파는 그게 아니라고 했지만, 어쩌면 그럴 수도 있었을 것이다.

자신의 일과 인간의 도리 중에서 당신은 무엇을 선택할 수 있을까. 쉽게 대답하지 않기를 바란다. 물론 어떠한 경우에도 생명이 먼저다. 이런 기준이 있다면 선택이 쉬워질 것이다. 하지만 어떤 이에게는 어려운 선택일 수도 있다. 자신을 비롯한 세상의 모든 생명보다 더 소중한 가치를 가지고 있을 수도 있는 거니까. 그는 결국 베트남전에서 취재 도중 폭탄이 터져 사망했다. 그 순간에 그는 어떤 피사체를 촬영하고 있었을까. 그것은 자신의 죽음이 아니었을까.

사진가 케니 강은 "사진이 잘 안 나온다고? 잘 살면 된다." 라는 말을 했다. 삶에 가까이 다가간다는 것은 사진가가 피사체에 가까이 다가간다는 것이다. 사진이건 그림이건 간에 우선 잘 살아야 한다. 고흐처럼 살면 고흐의 그림이 나온다. 그게 안 돼서 다들 힘든 거다.

	그	때		원	숭	이	가				
바	나	나	를		잡	은		것	일	까	요?
	바	나	나	가		원	숭	이	를		
잡	은		것	일	까	요?					

원숭이 요리를 즐겨 먹는 남아메리카의
원주민들은 원숭이를 잡는 독특한 항아리를 발
명했다. 항아리 주둥이의 크기를 적당하게 만
들어 원숭이가 손을 펴고 넣으면 들어가지만
주먹을 쥐고 빼려고 하면 손이 빠지지 않는 구
조이다. 항아리에 바나나를 넣어두면 원숭이가
항아리에 손을 넣고 바나나를 쥔 손을 빼지 못
할 때 원숭이를 잡는 것이다. 이상한 것은 지능

이 뛰어난 원숭이들이 자신을 잡으러 사람이 다가오는데도 바나나를 손에서 놓지 않는다. 원숭이는 정말 사람과 비슷하다. 바나나를 쥔 손을 펴기만 하면 쉽게 달아날 수 있는데, 원숭이들은 기어이 바나나를 포기하지 않는다. 어쩌면 이토록 인간적인가. 결국 원주민들의 양식이 되어버린다. 그 이야기를 해주던 사람이 물었다. "그때 원숭이가 바나나를 잡은 것일까요? 바나나가 원숭이를 잡은 것일까요?"

	당	신	이		그		어	떤		삶	을	
산	다	고		해	도		당	신		자	신	에
대	해	서		알	지		못	한	다	면		
	결	코		인	생	의		그		어	떤	
달	콤	함	도		맛	보	지		못	할		
것	이	다										

배우 이소룡이 쓴 글이다. 그는 한때 많은 청소년들과 액션 배우들의 우상이었고, 이젠 우리들의 전설이 되었다. 영화를 보고 나서 그를 흉내 내는 괴상한 짐승 울음소리가 동네 여기저기에서 울려 퍼지고, 또 노란 트레이닝복을 입고 쌍절곤을 휘두르는 모습은 지금도 가끔 개그나 영화에서 패러디되기도 한다. 그는

특히 도교와 선불교, 명상철학에 조예가 깊었고, 이와 관련된 철학서를 남긴 철학자이기도 하다. 그는 자신의 육체에 정신의 가장 극명한 모습을 드러내고자 했던 배우였다. 즉 자기실현의 한 방편으로 무예를 선택했고, 가장 화려하게 빛나던 시절에 삶을 마친다.

나는 누구일까. '너 자신을 알라'는 동서양을 넘어서 삶에 대한 중요한 잠언이다.

"네가 괴롭다는
그 마음이 어디 있느냐?
그걸 내놓아 보아라."

마음이 너무나 괴롭다고 호소하는 제자에게 스승이 한 말이다. 불가에서 선승들의 한마디는 은유법이 보여줄 수 있는 최고조를 보여준다. 마음은 눈에 보이지 않아 이것이라고 말로 표현하기엔 참으로 어렵다. 하지만 우린 마음을 느끼면서 살아간다. 사소한 일상에서 중요한 문제에 이르기까지, 서로 교감하고 사랑하는 마음, 서로 위로하고 걱정하는 마음 등이 서로 교차하고 변화한다. 곰곰이 생각하니 그놈이 어디에 있는지 도대체 알 수가 없다. 그때 괴로움이라는 것도 사라지는 것이 아닐까. 어디에서도 찾을 수 없는 것 때문에 괴로워하지 말자. 그런 경우에는 눈에 보이지 않는 것을 믿지 말자. 부활한 예수의 상처를 만지고자 했던 도마의 손을 생각하자.

평지에서 돌출된 영웅은 없다

가수 밥 딜런을 생각하면서 무심코 떠오른 말이다. 대중의 우상인 아이돌은 그 시대의 결과물이다. 자신의 능력에 더해진 주위 사람들의 희생, 봉사, 사랑의 결과물이다. 한 영웅을 만들어내기 위해 수만의 무명 가수들이 땀과 피를 흘렸을 것이다. 물론 영웅은 남다른 노력을 했을 것이다. 하지만 그것 역시 대중의 사랑을 받지 못하고 사라진 무명 시인들의 노력과 견줄 만한 것이다. 평지에서 불쑥 돌출되는 영웅은 없다. 아이돌, 혹은 영웅들은 겸손하게 가진 것을 나누어라.

　　지평선 위에 떠오른 태양은 갑작스러운 일이 아
니다. 떠오른 태양과 흐르는 강물이 생명을 주지 않았
다면 인간은 없다.

　　모두가 나를 도와주고 있다.

　　잘못은 내 탓이고 잘됨은 남의 덕이다.

잘 익은 사과 한 알이
시보다 낫다

사과 한 알과 시 한 편 중 우리는 어디에 더 가치를 둘까? 시를 좋아한다면 감성적이고, 사과를 좋아한다면 현실적이라는 상식적인 설명으로는 뭔가 부족하다. 이 질문의 본질은 시나 사과에 있는 것이 아니라, 삶을 대하는 태도에 있다. 잘 익은 사과나 뛰어난 시는 비교 대상이 아니라 선택 대상이다. 내가 선택한 일에 최선을 다하는 태도가 중요하다. 사과와 시를 다 선택해도 된다. 일방적인 선택을 상대에게 강요하는 것은 악마의 행동이다.

비범함은 　 평범함의 　가면일 따름이지

비범한 사람들의 모습을 통해 무엇을 배
울 수 있을까. 그들은 평범하다는 사실이다.

마음이 있지 않으면
눈으로 보아도
보이지 않는다

동양 고전인 《대학》에 나오는 글이다. 얼마 전에 지인과 헐리우드 오락영화를 보고 나서 극장 문을 나서며 그 영화에 대한 이야기를 했는데, 마치 그 영화를 못 본 사람과 이야기하는 것 같아 당황스러웠다. 요즘 무척 바쁘다고 하더니 영화를 보는 동안에도 마음이 딴 곳에 가 있었던 모양이다. 우리는 마음은 보이질 않는다고 하지만, 어떤 경우에는 하늘보다 더 잘 보인다. 내 마음이 간 곳엔 모든 것이 확연하다. 식구를 위한 어머니의 따뜻한 마음이 저녁 식탁에 밥과 국을 차리듯이, 우리 마음이 있는 곳에서 눈에 보이지 않는 건 없다. 마음으로 보자. 정말 중요한 건 눈으로 보이지 않는다는 어린 왕자의 잠언도 생각난다.

날	개		없	이			
태	어	났	다	면	,		
날	개	가		생	기	는	것 을
막	지		말	라			

코코 샤넬은 세상의 여인들에게 화려한
'날개'를 달라고 부추기면서 옷을 팔았다. 주로
고가의 명품으로 취급받는 '작품'들이다. 여자
들은 그것을 날개로 여겼고, 그녀는 주로 부자
들에게 옷을 만들어주었다. 그녀는 어린 시절
부터 지독하게 가난하고 불우했다. 소녀 시절
샤넬의 꿈은 오페라 가수였다. 생계를 위해 낮

에는 의상실에서 일하고 저녁이 되면 성악 레슨을 받았다. 선생은 샤넬에게 오페라 가수보다는 바느질이 더 어울린다고 충고했다. 훗날 샤넬은 실과 바늘로 자신만의 날개를 만들었다. 인간의 날개가 옷인지는 모르겠지만, 그것은 생기는 것이 아니라 만드는 것이다. 오늘도 부지런히 손과 발을 움직이는 사람들이여, 그 손발이 날개가 된다는 사실을 명심하자.

생명 그 자체에서,
나는 생명으로
생명을 만듭니다

로댕의 조각 작업을 참관하던 기자가 물어보았다. 당신의 작품에서 꿈틀거리는 이 모든 생명은 어디에서 나오느냐고. 그러자 로댕이 이렇게 대답했다.

예술가의 말이라서 당연한 대답처럼 들리지만, 요즘 예술가연하는 사람들의 뉴스를 보면 참으로 중요한 말이다. 생명은 아이디어로 탄생하지 않는다. 화가의 손은 물감 범벅이 되어야 하고, 조각가는 찰흙덩어리를 만지고 있어야 한다. 작가의 손에 잉크 흔적이 없다면 그는 가짜다. 나는 오늘도 머릿속으로는 《토지》와 같은 작품을 여러 번 만들었다. 하지만 단 한 줄도 적지 못했다. 생각과 실천은 하늘과 땅 차이이다.

모르는 것마저 몰랐다

책을 어떻게 한 번에 읽을 수 있겠는가? 단어 하나, 문장 하나씩 읽어나갈 따름이다. 사람도 한 권의 책이다. 한꺼번에 알 수가 없다. 일단 읽지 않은 책처럼, 내가 이 책에 대해서 전혀 모르고 있다는 사실을 염두에 두면서 읽어나가자. 점차 일반적인 상식에서부터 심오한 영혼의 문제까지 관심을 가지게 된다.

우리는 정말 타인을 모른다. 아니 사실은 타인을 알기가 두려운 것이다. 내가 감당할 수 없는 사실이 숨어 있을까 봐 외면하는 것이다. 조금만 더 다가가서 보자.

우선 어머니를 살펴보자. 그분을 얼마나 몰랐는
가를 알게 되면 슬픔을 감당하기가 힘들다. 당신을 모
르는 것마저 몰랐다. 그래서 '너 자신을 알라'는 잠언
이 나를 깨운다. 어머니를 보면 나 자신을 조금은 알
것 같다. 얼마나 바보 같은 놈인지. 너무 몰라서 겨우
살아왔구나 하는 생각들.

어머니는 내 삶의 책
첫 줄이었다.

내일은

오늘의 첫날이다

이 문장을 마지막으로 선택한 이유는 마지막
이라는 부정적인 단어를 쓰지 않고 끝을 낼 수
있기 때문이다. 헤밍웨이는 문장의 기본 원칙
으로 부정적인 표현보다는 긍정적인 표현을 하
라고 했다.

예를 들어 '오늘이 삶의 마지막 날인 것처럼
살아라'는 말은 지금 이 순간을 살라는 현자들
의 메시지를 잘 전달하고 있지만, '오늘이 내 남
은 날들(여생)의 첫날이다'라는 긍정적인 표현
과 같은 의미이다. 사람들은 후자의 표현에 더
힘을 얻는다. 그래서 내일은 오늘의 첫날이라
는 말을 생각해 본다. 내일은 없다. 다만 내일이
라는 추상이 있을 뿐이다. 오늘이 현실이고, 이
현실이 곧 내일이 된다. 내일은 오늘의 첫날이
다. 용기를 내자.

당신을 움직인 한마디는?

독자 여러분, 먼 길 오셨습니다. 오른쪽에 빈칸이 있습니다. 여기에 당신에게 중요하다고 여겨지는 한마디를 적어보시지요.

순간적이지만 삶의 변화가 일어나게 했던 한마디,
어떤 깨달음의 순간에 비명처럼 터져 나온 한마디,
아니면 마음이 잠시 움직였던 말 한마디를 말입니다.

그걸 조용히 생각하고 연필을 손에 쥐고 적어보시길 바랍니다. 그 '위대한' 순간에 이 책은 당신의 책으로 완성될 겁니다.

사진보다 낫잖아

초판 1쇄 발행_ 2018년 9월 10일

지은이_ 원재훈
펴낸이_ 이성수
편집_ 황영선, 이경은, 이홍우, 이효주
디자인_ 진혜리
마케팅_ 최정환

펴낸곳_ 올림
주소_ 03186 서울시 종로구 새문안로 92 광화문오피시아 1810호
등록_ 2000년 3월 30일 제300-2000-192호.(구:제20-183호)
전화_ 02-720-3131
팩스_ 02-6499-0898
이메일_ pom4u@naver.com
홈페이지_ http://cafe.naver.com/ollimbooks

값_ 12,000원
ISBN 979-11-6262-004-5 03810

이 도서의 국립중앙도서관 출판예정도서목록(CIP)은 서지정보유
통지원시스템 홈페이지(http://seoji.nl.go.kr)와 국가자료공동목록
시스템(http://www.nl.go.kr/kolisnet)에서 이용하실 수 있습니다.
(CIP제어번호 : CIP2018028043)